詩集

# 自由放漫



横山常二

窓出版

# 別れた女《ひと》と会ったならば

いつか君と会ったならば
僕は君に気づくだろう
君も僕に気づくだろう
気まずい思い
他の誰かを君は愛し
ぼくの事は忘れかけてた
思い出は
よみがえるよ

いけない思い
君は
僕をなぜか
さけて
戻る事は
ゆるされない
なぜか
君が
いとおしくて
ぼんやり見てる

# 苦悩のサラリーマン

うだつあがらない
この僕
いやになった
サラリーマン
仕事やめても
食っていけず
情けない僕
宝くじでも

当ればいいなんて
思ってみても
なかなか
当らないのさ
せちがらき
この世の中
自由なんて
ないのかも
給料安い為彼女さえ
出来ず　なんだか悲しいね

# ブラックホール

ゆうわくに
負けてしまった
情けない
この僕
甘い汁に
引き寄せられ
地獄を見た
手にはいるような

さっかくして
理性なんて
くずれさるもの
うまい事なんて
なかなかないものさ
おとし穴にはまってしまった
人間なんて弱い者
ふとした事で変わっちまうよ
後で気づくが、もうおそい
ブラックホール

# 犬と旅に出よう

犬を車に
乗せようよ
犬と旅に
出るのもいい
気分てんかん
そうかいさ
遠くへ行こう
ワンワン

犬は喜ぶ
窓の景しき
ながめながら
犬も旅に出たいのだろう
知らない街へ
アウトドアー
するのもいい
そこには自然がいっぱい
空気もいい体にいい
さあ出発しよう

# 春のはじめ

春は
うららかなものだね
気分さえ
うきうきする
スタートライン
事の始め
やっぱり春だね
つもった雪も

もうとけて
長い冬が
終ったんだよ
さあ早く
目をさませよ
つくしんぼが
めを出している
それをつんで煮て食べよう
春の味広がっていく
春のはじめ

# 競馬へ行こう

馬を見ると
元気が出るよ
あのパワーが
伝わるのさ
走る馬を
見てごらんよ
気持いいよ
競馬場で

馬券買って
勝てば楽しい
負ければちょっとくやしい
けれど
見学するのもいい
行ってごらんよ
馬にとりつかれてしまう事も
あるかもしれないけれど
それでも楽しい競馬
さあ競馬へ行こう

## 恋に理屈はいらない

いつもと違う
この気持ち
君を見ていたら
なぜか
ときめいた
これは
恋の始めなのか
いたむよ

このむね、
人は心で
動くという事が
理屈なんて通用しない事が
わかったよ
恋によって
どこかできっとつながっている
君と僕の心
言葉さえいらない
恋とはそういうものさ

# 魔性の女

僕を
狂わす
その瞳
僕は恋に
とりつかれた
恋の魔力にかかってしまった
もう逃げられない
いつの間にやら

深い仲
君の情
僕にもうつってしまった
金しばりのように
動けなくなってしまった
もがく事さえ出来ない
蜘蛛の糸に
かかってしまった
もう僕は君のとりこさ
魔性の女

## 恋の為戦う

恋の為
僕は戦う
イバラの道だって
平気さ
弾丸が
飛んで来てもね
死ぬかくごさ
どんな状況だって

平気

君の愛があればこそ
地の底へ落とされたって
きっと
はい上がってみせるさ
僕は君を
守る為に戦う
愛の戦士
長い剣を腰にさし
馬にまたがり

# 恋は早いもの勝ち

恋は早い者
勝ちだよ
うかうかしてる間に
誰かに
取られっちまうよ
さあ
君は僕のものだよ
おいでよ

早く
ライバルなんて
うじゃうじゃいるよ
油断も隙も
ありゃしない
まるで戦争さ
負けられないぜ
恋は初めの一手とても大切
誰かに一手打たれる前に
打たなければ

# 恋はまるで戦術か

恋はまるで
戦術か
あらゆる事さえ
ゆるされる
あいつも
また
君の事好きなのさ
友達だって

敵となる
恋の炎
あぶない　あぶない
メラメラ
音を立てて
燃えさかる
作戦考えねばと
必死の思い
君をとられてたまるものか
作戦開始。運命は誰にほほえむのか

# 安くなれば買うかもね

安く安く
してほしいよ
安くなれば
買おうかなと
思っている
消費者
安くったって
いいものがいい

悪い物はいらないよ
わがまま
聞いてほしい
そうしたら
買うかもね
高い物
安くなれば
飛びついてしまうかも
売る方は
いつも頭かかえている

# 短気は損気

おこらないで
そんなに
頭を冷して
考えようよ
おこらない方法は
あるはずさ
短気は損気《そんき》
どんな事だって

話し合えばわかり合うもの
おこる事は
体にも悪い
エネルギーさえ
損しちまうよ
短気は損気
誰にだって
いい分はある
よく考えよう
短気は損気

# 君は君のままで

君は君で
それでいいんだ
何も変わらなくていい
そのままの君が
いいんだ
わかっておくれ
欠点さえも
すてきに思えて

君のすべて
愛してるよ
気づかいなんて
必要ない
気楽でいこうよ
もしも僕と
暮らすのならば
友達のようになりたいね
わがままさえ
笑ってゆるせるそんな仲になりたいね

# 栄養ドリンクのつくり方

ミルク
用意できたかな
次は
たまご
生でいいんだよ
しろみはいらない
でももったいないから残しておこう
ハチミツも必要

そしたら
ボールに入れて
かきまぜよう
ミルク　たまご　ハチミツ
全部まぜてね
まぜたら
冷そう
冷ぞう庫でよく冷やそう
夏にいい飲み物
夏バテさえ　ふきとぶよ

# ウンコついたメガネ

メガネ　メガネ
僕のメガネ
どこ行った
さがしたけれど
見つからない
大事な大事なメガネ
ふと下を見ると
便器の中に

プッカリ浮いた
僕のメガネ
それもうんこの上に浮かんでいるよ
どうしよう
ちょっと悩んだけど
意をけっしてメガネをとった
うんこ　うんこ　うんこのついた
僕のメガネ
きたないけれど
すてられない

# 君のいない部屋

風のように
君は去って行った
ひとり部屋で
タバコをふかし
ぼんやり
テレビを見ている
テレビ見ても
つまらなくて

テレビを消し
ねころばっては
思い出のアルバム開いて
悲しさにひたる
こんな事は
ただ酒を飲んで
忘れさろうと思うけれど
なぜか
心むなしく
別れたその日

# 転職

そんな
がまん
やめっちまえ
しあわせは
君がつかむものさ
がまんしてたって
いい事なんかない
君に合っているのだろうか

それをまず考えなさい
合った職
見つけようよ
きっとある
必ずある
さがせば
勇気をもとう
つらい毎日嫌になって
何の為働くのだろう
誰のためでもなく自分の為

# たった一度のチャンス

だめにだめに
だめになるよ
早く早く
急がないと
時は待ってはくれない
急げ　早く
このチャンス
もう来ないよ

一生に一度のチャンス
チャンスをいかす為
チャンスをのがすな
のがすのは
かんたん
つかむのは
もしかしたら
ちょっと困難かも
だけど今は目の前
さあ急げ

# 僕の道はどこにある

僕は
いったい何をしているのだろう
自分さえ
みうしなって
暗い世界に
こもっている
なんとか
ぬけ出さないと

光がきっとどこかにある
なんとかして
みつけ出したい
さまよう
僕の心
なんとかせねば
僕の道はどこかにある
それはどこにあるのだろう
きっとどこかに道はある
あきらめてはだめだ

# 海が見える丘へ

海が見える丘へいこう
青い海
君と見たい
橋をわたり
坂を上がり
ふたりで行こう
石段のぼり
街を見ながら

上へ上へ
のぼっていくよ
ちょっぴり
息がきれて
それでものぼる
海の見える丘へついた
やっと
君とここへ来たよ
赤く夕日がそまっていく
遠くに海が

# 命短し

僕の命
短いけれど
せめて生きているうち
生きてきた
あかし
残したいよ
虎は死んで
皮を残す

僕は死んだら
いったい何が残るのだろう
何も残らないのかも
しれない
それでもいいさ
死ぬ時は
苦しむかもしれない
それとも
死の欲望というものに吸い寄せられてしまう
のか　はかない命

# 夢のように愛して

もっともっと
愛したい
もっともっと
愛されたい
君は僕のもの
僕は君のもの
君がいないと
生きてゆけない

君のにおいが
部屋中にたちこみ
ふたりはいつしか
ひとつになった
求め合う事
それが愛なのか
夢のように
愛して
夢のように
愛されたい

# 人は過去を背おっている

人は過去を
背おっている
思い出さないように
あしたの事だけを考えて
聞かれたくない
過去
ひとつやふたつ
誰にでも

あるのかも
でも
つらい事やくやしい事
のりこえてきた
濁流に流されながらも
なんとか
やってきた
負けなかった自分を
ほめたたえて
人は強くいきられるもの

# ピントずれ

そんな事
どうでもいい
ピントの合ってない事
たくさんあるような気がして
何を求めて
何をしたいのか
そんな事さえわからずに
これじゃ

いつまでたっても
進歩がない
せめて
何をやりたいのか
それくらいは
ちゃんと
考えようよ
人生なんて
短いんだから
あっという間に終っちまうよ

## 沈黙の時

そんな事
いいたくない
そんな事
聞きたくない
そんな時は誰にでもある
沈黙の時
聞く必要もなく
聞くと変に

思われるもの
沈黙の時
気まずい
思い
時間は
いたづらにすぎさり
沈黙の時

# 恋はリズム

リズム　リズム
それが大事
恋も
きっと
リズムかもね
恋はリズム
出会ったその日から
心のこどう

恋のはじめは
フィーリング
ときめきの
甘いリズム
まるで
タンゴのようさ
好きになって
リズム合わせて
おどろうよ
君と僕

# 淋しがりやの君と

淋しがり屋の君がいて
ひとりじゃ
つまらない僕
ある日
突然
出会った
引かれるふたり
なんとなく

君が好きになった
ふたりは
同じだったのかも
淋しさに
感じ合った
もう淋しくはないよ
　僕がいるから
　大丈夫さ

# 好きだと言えずに

君が好きだと
言えない僕
遠くで
ずっと
みていたよ
いつも
君を思っていた

高まる
この思い
ある日
勇気をふりしぼったけど
結局は
何もいえず
かえって印しょうを
悪くしてしまった
そして君はぼくをさけて
よけい君が遠くなっていく
情けなさすぎる

# 暗い歌もたまにはいい

暗い歌も
たまにはいい
落ち込んだ時
きくと
とくにいい
なぜか
とても美しくきこえたりする
なぜか

心にひびく
いい事ばかりつづくものでもなく
君もいつか落ち込んでしまうだろう
人生は悩むものと知るだろう
こんな暗い曲いやだなんて思っていたけれど
なぜか
今日は
とても新鮮にきこえてくる

# 自由放漫《じゆうほうまん》

横山常二《よこやまつねじ》

明窓出版

平成十二年四月二十日初版発行
発行者――増本　利博
発行所――明窓出版株式会社
〒一六四―〇〇一二
東京都中野区本町六―二七―一三
電話　（〇三）三三八〇―八三〇三
FAX　（〇三）三三八〇―六四二四
振替　〇〇一六〇―一―一九二七六六
印刷所――株式会社平河工業社


ISBN4-89634-044-2

ホームページ　http://meisou.com　Eメールmeisou@meisou.com